看板高高掛

馮輝岳◎著　洪義男◎圖

有一天，我要……

　　台灣光復以後我才出生，跟許多人一樣，我有過美麗的童年，有過滿懷憧憬的少年，也有過熱血沸騰的青春。在靜靜的夜裡，回味自己生命中的故事，常不禁莞爾，笑自己傻，笑自己幼稚，笑自己庸人自擾，心中卻是滿滿的溫馨。

　　自我有記憶以來，家中一直務農為生，每季收成，地主便請來牛車，把晒穀場的穀子載走一大堆。後來我才知道自己是佃農之子，難怪我家吃的、穿的、住的都不如人家，我還因此而深感自卑。不過我常這樣想：「雖然自己吃的、穿的、住的都不好，但是在其他方面我可以比別人強啊！」所以，從國小

五年級起，我努力向上，學業成績不斷的進步，不斷的超越。年少的自卑，反而成了一種激勵。直到我師校畢業從事教職以後，貧苦的家境才逐漸改善。

　　因為父母每天忙於農事，放學回來或星期假日，我都跟左鄰右舍的孩子在橫崗背的懷抱裡玩樂、學習。現在想想，當時農村的父母雖然不太管孩子，卻處處以身教代替言教，忠實、誠懇的待人處世方式，勤奮、耐勞的生活態度，都在潛移默化中影響著孩子。有時，我倒慶幸自己生長在農村，生長在橫崗背，這裡的人和土地，教我知足，教我堅忍，我才不至於迷茫，並且清楚自己要走的方向。

　　偏僻而保守的農村裡，父母多半沒受過什麼教育，尊師重道的觀念卻深植他們心中，他們總認為教書是神聖的工作，老師的一言一行都是對的。尤其我的父親在言談間提起日據時代的老師，敬仰之情，溢於言表：「身上配著金光閃閃的劍哩！」所以像〈借椅子〉這類的故事，也就不值得大驚小怪了，當時也壓根兒沒想過要把這件事告訴家人，即使跟父母說，也無濟於事吧？長大以後，自己當了小學老師，這件事我一直引以為鑑，遇有同事指派學生處理私事，我總會婉轉的勸阻。

〈看板高高掛〉是其中一篇的篇名，拿來當作這本書的書名，是因為這篇故事對我的影響太大了。故事結尾，少年的「我」這麼說：「有一天，我要……」相信很多人都曾這麼說過，只是有些人隨口說說而已，說完就把它忘了。我可一直把它放在心裡，它像另一個「我」，當我沮喪時，當我遭遇挫折時，當我的功課稍稍進步時，當我獲得小小成就時……「有一天，我要……」這句話就會從胸口跳出來，催促我，叮嚀我，給我信心，教我努力奮發，生性靦腆的我，才敢向前邁開腳步。在成長的路上，也因為有這五個字伴著我，我的許多夢想終能一一實現。

曾寫過幾本給小朋友看的散文，裡面的篇章幾乎都以他人或動植物為描述主體，在文章中我多半扮演旁觀者。這本不一樣，我挖掘了十個故事，十個屬於我的故事，有的自己當主角，有的自己身歷其境。那些人、事、物，已成記憶庫裡永恆的影像，隔得愈久，反而愈清晰。這些故事大都很平凡，也沒有曲折的情節，但都是真實的，裡面交融著我的喜樂和煩憂。不可否認的，它們也或多或少影響了我的人生觀。

　　在我們一生中，個人經歷的小故事，甚至一件小小的事情，帶給自己的衝擊，有時是巨大而深遠的。常聽人說：「人生靠自己創造，命運靠自己安

排。」親愛的小朋友、大朋友，請踏穩您的
步履，一步一步向前走，美好的、精采的
故事，正等著您來編織呢！

「看板高高掛」追‧追‧追！

　　馮老師的散文作品跟我特別有緣，尤其以往老師在報上發表的小品文畫了

不少，這次又有緣為《看板高高掛》配插圖，非常榮幸！

　　我們年齡不是差很多，時空背景也不陌生，但畫起來還達不到

「得心應手」的地步。

　　時間的長河在歲月中流失淡忘，腦海中的記憶

努力的轉回來，去捕捉它。

　　一張一張插圖慢慢的畫，我也跟著馮老師的散文

回憶著自己消失的過去，恰似「走馬燈」在腦海裡

重現。

　　我有十個兄弟姊妹，排行老七的我，從小就喜歡畫畫，但沒有什麼天分，兄弟姊妹多，父母只要我們不做壞事，也就「放牛吃草」了。因此，我沉浸在繪畫創作中，一晃眼過了四十個年頭。希望讀這本書的大小朋友都能喜歡我的畫作。

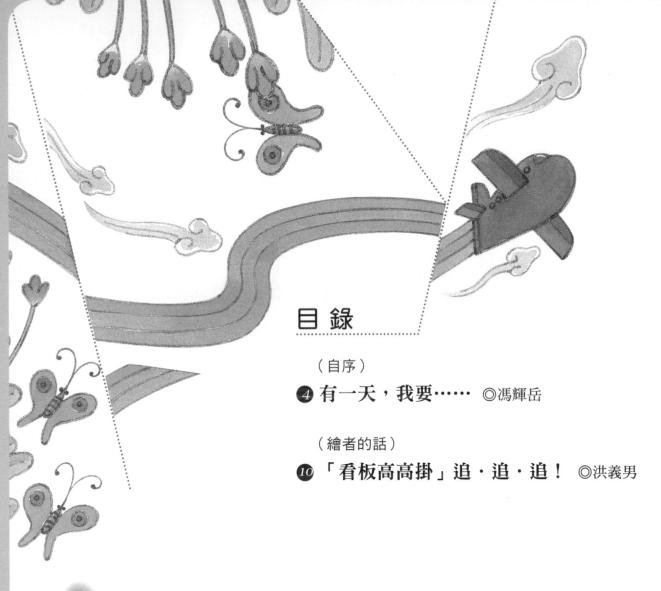

目 錄

跟著灰裙走

從外婆家走回車站，要經過好幾條街。跟著母親走過一家一家的商店，我覺得既新奇又好玩，五金行、雜貨店、服裝行……每家擺滿了貨品，令人目不暇給。像我這種鄉下孩子，每天睜開眼，看到的盡是山崗、溪流和綠油油的田野，難得走一回鄰鎮的街道，總想看個盡興。我跟著母親走，歡喜的心情，只能用「雀躍」兩個字來形容。

那天，母親穿的是灰色的裙子，我的個兒小，一路上，我就跟著灰裙走，一條街走過一條街。有的街，行人稀少，母親走得快，我只得走馬看花；有的街，比較熱鬧，母親放慢了腳步，我也跟著灰裙慢慢的走，有足夠的時間東看西看，我最喜歡這樣的街。

母親大概想買什麼東西，走進一家店裡，裡面已有幾個客人在等候，母親叫我站在一旁，我環視店內的一切，覺得這家雜貨店好大，右邊擺

著白米、黃豆、花生仁、鹹魚乾……，左邊是菸酒、肥皂、糖果、香燭……，屋梁吊掛著斗笠、茶壺、鍋子……，看著看著，眼睛都花了，直到前面的灰裙移動了，我才跟著走出雜貨店。

走走走，邊走邊看，走完長長的街，彎進另一條街，抬頭一看，我怔住了——眼前穿灰裙的，竟然不是我的母親。我站在廊下，望著陌生的街道和來往的人車，心裡又焦急又害怕，我的第一個反應就是哭，於是，我嗚嗚的哭起來，邊走邊哭，不時橫起袖子擦眼淚、抹鼻涕，我想回頭找剛才母親買東西的那條街，可是，這麼多橫的街，直的街，而且每條街都很相像，我怎麼也記不起那條街的樣子了。我嗚嗚的沿街走，沒有人理我。想到傷心處，我不禁嚎啕大哭；哭累了，就有一聲沒一聲的唔哼。

騎樓外的陽光很刺眼，走不完的街，似乎一直向前延伸，我茫然的走

著，眼睛哭得有些模糊了，我仍不放過每個擦身而過的婦人，我努力尋找穿灰裙的母親……。

「小弟弟。」

好像有人喊我，回頭看一眼，發現在廊下賣布的老闆正向我招手，我一邊擦眼淚，一邊怯生生的走前去。

「來，不要哭哦！待會你阿母會從這邊過。」

老闆哄了哄我，坐回椅子上，我乖乖的站在他旁邊。我不哭了，也不焦急了，老闆說的，等一下母親會打這邊過，我安心多了，靜靜的站在他身邊，看騎樓外亮麗的陽光，看來往的車輛，看遠方的樓房……街上的景物，真是越看越有趣呀！我已經忘記自己是走失的孩子了。

不知在布攤前等了多久，母親打這邊走過的時候，我看街景正看得

入神，是她先喊我的，母親高興得像要哭的樣子。老闆摸摸我的頭，一直誇獎我，說我乖，母親一再向他道謝，然後拉起我的小手，趕著去車站搭車。

路上、車上，母親的手始終沒放過，緊緊的拉著我的小手。

那年，我四歲。當時，如果母親找不到我，我成了布攤老闆的孩子，也不錯啊！我常常這樣想。

畫像

大約五歲那一年吧！

下雨天，我獨自躲在屋裡，把抽屜裡的東西倒在床鋪上玩，又從箱底找到幾本姊姊念過的課本，有的書頁已經泛黃，有的被蟲咬了洞，小小的字體，密密麻麻的，像一隻隻的小黑蟻。我還沒進小學，一個字兒也不認識，我一頁一頁翻著，居然翻出興趣來了。

其中一本，每隔幾頁就有一幅畫像，深深吸引了我，我不曉得書上畫的是什麼人物，他們的長相都怪怪的，有的鬍鬚長，有的耳朵大，有的戴著高帽子。姊姊從工廠回來，我問她這是什麼書，她說它叫歷史課本，裡面畫的都是古代的帝王將相，我聽得懵懵懂懂的，卻更喜歡看那些畫像了。

我「欣賞」那些畫像，可挺認真的，除了仔細看，還得靜靜的想，這樣才有趣、好玩；只有一幅畫像，我不太喜歡看，記得第一次看到「他」

的時候，心裡就怕怕的，也不知道什麼原因。那畫像是半身的，臉很長，兩道眉毛尖又細，最奇特的是他頭上戴的帽子，前端高高的隆起來，到了頂端卻又向後摺疊。有時，我目不轉睛的看他，畫像雖然不會說話，不過，看久了，我覺得他好像在對我生氣，看著看著，我總會心慌的合上書。後來，翻到那一頁，我就趕快跳過去，不看他一眼。因為家裡只有這本書比較好看，偶爾還是會不小心翻到，也真是的，我一瞥見他，胸口就蹦跳不停，最後，我索性將這本書塞回箱底去。

小小年紀，不知愁苦。白天，和同伴捉蜻蜓、玩泥巴、看螞蟻、看雲彩；晚上，睡在古老的土屋裡，做著甜蜜蜜的夢，夢裡的天空，五彩繽紛。可是，可是，每當我們在夢中玩得興高采烈的時候，一幅巨大的畫像，就隱隱浮在我的眼前，然後，漸漸清晰，慢慢的向我逼近──奇怪的

帽子、尖尖的雙眉、生氣似的臉……啊！是那幅畫像。

「不要！不要……」

我吶喊著，拚命揮動臂膀。

常常，這樣從夢中驚醒過來，還心有餘悸呢！一直到我入學讀書，這個夢魘總算遠離了我。

許多年後，我無意中在圖書館的一本書裡，看到那幅畫像，我愣了差不多十秒鐘，不禁會心一笑，有如見了久別的朋友般的歡喜，書裡的畫像沒變，只是加了淡淡的色彩，一臉深思熟慮的表情，他，一點也不可怕。

原來，那曾經令我心慌的畫像，正是足智多謀的諸葛亮，他頭上戴的怪帽子，聽說是他自己發明的，叫作孔明帽。哎！我五歲的時候，居然從夢裡被他的畫像嚇醒，真是不可思議！

借椅子

開學不久，我就發現老師的肚子微微凸起，班上的同學都說老師懷孕了，懷孕是喜事，難怪平素凶巴巴的她，偶爾也會露出笑臉。

後來，老師的肚子愈來愈大了，站在黑板前面，看起來有一點滑稽。學校好像很窮，教室裡沒有多餘的椅子給老師坐，那樣挺著大肚子，一定很累的。

我們用的都是兩人座的長椅，桌子也一樣，是兩人共用的長桌。有時互相鬧彆扭了，就在桌椅中間畫一條「楚河漢界」，彼此都不敢越雷池一步。全班只有我和鄰座的阿凱最特別，大概個子比較高大吧！我們兩個分到的都是單人椅──跟現在的小學生坐的一樣。許多同學看見我坐的單人椅，都露出羨慕的表情呢！

當老師的肚子挺得像氣球那麼大的時候，有一天，她走進教室，忽然

朝我這邊望。

「馮輝岳，椅子借老師坐。」

真不敢相信自己的耳朵——老師向我借椅子。我立刻興奮的站起來，端著椅子出去，覺得很光榮，椅子放在她面前，還敬了一個禮，回到位置上，沒有了椅子，只好站著；寫字的時候，就跪下來。

隔天，老師進來教室，站了一會就說：「馮輝岳，椅子……」

還沒講完，我已經自動搬著椅子走向前去，老師的嘴角浮起一絲笑容，雖然沒說什麼，我猜她一定在暗暗誇獎我。

從第三天開始，我懶得搬回椅子了，就留在前面讓老師坐。

不管站著或跪著，一天下來，腿和膝蓋都會又痛又痠，那種滋味實在不好受，尤其站著上課，碰到校長巡堂經過，總要多看我一眼，我感到像

被罰站一般羞恥，所以，多半時候，我都是跪著的。

　　跪了幾天以後，不知怎的，原先心中那分光榮感漸漸消失了，我反而覺得椅子借老師，是很倒楣的事情。其實，老師並沒有要我跪著上課，她叫我跟旁邊的阿凱同坐一張單人椅，可是，你知道嗎？阿凱是我們班的胖子，他的身體已經把椅子占滿了；老師的話，阿凱不敢不聽，每當我要坐他椅子的時候，他先白我一眼，然後抿著脣，很不情願的挪了挪屁股，我不求多，只要有一點點空隙，容得下我的半個屁股，膝蓋就不會那麼痠痛了。我有點生阿凱的氣，他好像很沒有同情心，有時，他擠過來，我又不敢擠回去，常常逼得我只能靠著他的椅子「坐」。那時候，每逢假日，崗背的孩子都相約到附近靶場挖子彈，賣給收鴨毛酒罐的，一顆子彈一毛錢，我的零用錢都是這樣得來的。好幾次，為了坐阿凱的椅子，我從口袋

掏出辛苦「挖」來的一毛錢，遞給他，阿凱接過手，淡淡說了一聲：「也好。」不知道是嫌少，還是什麼意思，不過，那一整天，他都會讓出一大半椅子來，他那麼胖，大概也坐得很不舒服吧？可惜，靶場的子彈不多，去一回能挖到兩三顆，已夠幸運了，常常只撿一些碎片回來，所以，只能偶爾花錢「買」阿凱的椅子坐。

忘記自己跪了多少日子。這天早晨，陽光斜灑在走廊上，顯得格外亮麗。鐘聲響過以後，沒見老師的影子，不久，主任來了，後頭跟著一位年輕人。

「……你們要好好聽曾老師的話哦……」

聽完了主任的介紹，我才知道老師生寶寶了。代課的曾老師，是個男的，臉上一直帶著微笑。

下課的時候，我悄悄搬回椅子，沒有人阻止，我聽見自己的心臟蹦蹦蹦的，跳得好快。我摸摸灰褐的椅背，轉過身子，慢慢的坐下，當屁股碰觸座椅的剎那，我的眼眶莫名的蓄滿淚水⋯⋯啊！謝天謝地，我終於又坐上自己的椅子了。

看板高高掛

不曉得什麼原因，那個年代，住在崗背的每戶人家都很窮。每天，走三公里的石子路到街上的學校念書，我們的衣衫和光腳丫，跟街上的同學相比，一下子就給比下去了。心裡雖然覺得自卑，也只有認了，幸好還有許多人跟我們一樣。

　　阿松跟我同班，就住在我的下屋，他有兩個堂哥，一個叫木哥，一個叫雄哥，因為年紀都比我們大，所以彼此很少交談或往來，感覺裡，他們快像大人了，我和阿松還是小孩。阿松家的後面，隔著小巷，是一排空屋，他家的老水牛拴在那排空屋的邊間；相連的幾間，阿松說是他堂哥畫畫的地方。從走廊望去，陰森森的，有點兒恐怖。

　　那個周末的下午，阿松帶我走進陰森而潮溼的空屋。裡面的景象，差點把我懾住了，那兒簡直就是一個大畫室，一塊塊方形看板，斜靠在屋內

的牆角，穿古裝的宮女、打著赤膊的人猿泰山、騎馬的美國西部牛仔……一個個，栩栩如生，好像要從看板跳出來似的；空屋斑剝的土牆，和古老的梁柱，反而增添了幾許蠻荒氣息。角落，淡黃的燈光下，木哥正揮動彩筆，上下塗抹，雄哥則在一旁攪拌顏料，阿松和我躡手躡腳走過去，鼻尖飄來濃濃的油漆味。他們面前的看板上，一個日本將官的形影已浮現。

我小聲問阿松：「這是誰？」

阿松趨前問木哥。

「乃──木──將──軍。」

木哥回話的時候，頭也不轉一下，一臉專注的樣子。平常只見他倆在田間挑擔、除草，我真不敢相信，他倆能夠畫出這麼「偉大」的畫來。

有一天放學，我們和街上的同學相約到車站玩耍。阿松一不小心，彈

珠滾到廊下，他跑過去撿，抬頭瞥見對面戲院上頭的看板，他忽然神氣的指著上面大喊：

「你們看！乃木將軍。我堂哥畫的咧！」

「什麼？」街上的同學睜大眼睛，好像不信的樣子。

「真的啊！」我補充說：「阿松和我還站在旁邊看他們畫呢！」

這時，街上的同學，個個張著嘴巴，仰望眼前巨大的看板，並且露出欽佩的神情；我和阿松插著腰，瞧一瞧街上的同學，又看一看「乃木將軍」，好像牆上的看板是我們畫的。雖然，我們光著腳、穿破衣，卻有一股驕傲的感覺，在我的心中隱隱升起。

又大又寬的看板，高高掛在戲院的外牆上，每個路人都要看一看它，多麼風光啊！我對木哥、雄哥的仰慕，是不用說的。同樣是崗背長大的窮

孩子，木哥、雄哥能，我也能！年少的我，經常這樣想。

我決定畫一幅「巨畫」。我用賣破銅爛鐵換來的錢，買了顏料和一張全開的白紙，找出書上的圖片，仿著它畫；躲在家裡，我細細的描哇描，慢慢的塗哇塗，擠掉一整盒水彩顏料，終於完成一幅「桃園三結義」的畫像。我把它釘在客廳的牆上，一會兒遠看，一會兒近看，起先覺得還好，沒想到愈看就愈沮喪，我頹然坐在椅子上，發愣一陣子，才意興闌珊的取下來，我慢慢的捲著捲著，把關公、劉備和張飛一個一個捲進去。

「有一天，我要……」

望著門外崗背的雲天，我暗暗的發誓……。

隆哥大我三歲，就住在我家隔壁。他的父親寫得一手好字，大概從小耳濡目染，隆哥的毛筆字也寫得不差，每次我到他家玩，他總會從書包抽出習字簿向我炫耀，我一頁一頁翻著，每頁都得「甲」哩。

　　中學畢業，隆哥在街角的戲院找到一份工作。那時候，全鄉只有這家戲院，為了讓大家知道上演的片子，戲院老闆在通往各村的路口，釘上長方形的廣告牌，新片上演的前兩天，隆哥便忙著寫廣告單，再叫人張貼在路口的牌子上。

　　戲院左側有一個小木門，平常都緊鎖著，隆哥有一把鑰匙，上下班他都由這裡進出。推開小木門，爬上狹窄的樓梯，就到了隆哥的工作室，桌面擺滿顏料和紙張，筆筒插著大大小小的畫筆，時間早的話，我就站在一旁看隆哥工作，他抓起畫筆，揮灑一陣，很快就完成一張廣告單。其

實，我來這裡並不是要看他寫字，時間一到，隆哥馬上催我爬上矮窗口，縱身一躍，就到了戲院的洗手間，再大大方方走進戲院，找個位子坐下。那些年，看電影是很奢侈的享受，平常，像我這種鄉下孩子，根本買不起票，能夠跟隆哥進來看電影，真是又驚又喜。

　　每當我想看電影的時候，我就躲躲閃閃來到戲院左側的巷口，見四下無人，便把手掌貼在脣邊，對著樓上的小窗，壓低聲音喊：

「隆哥！隆哥……」

隆哥真好，他推開窗子探頭看一下，立刻跑下來接應。

電影散場了，我跟隨觀眾從大門走出，有時守門的阿姨會盯著我看，我趕緊別過臉去，免得讓她看出我的心虛。有一回，我走到門外了，還隱隱聽見守門的阿姨對另一個說：

「奇怪，那個小鬼是從哪兒溜進來的？」

我噗哧一笑，卻有點兒擔心，萬一被查出來，害得隆哥被罵，那就不好了。我把這件事情告訴隆哥，他拍了一下我的肩膀說：

「你喲！真是膽小鬼。」

不過，這以後，我總是挑叫座的片子看，散場的時候，跟著一大群觀眾擠出大門，就不會有人注意我了。

這段免費看電影的日子，看得最多的，要算戰爭片了，那些兵馬，那些驍勇善戰的將軍，經常在我的夢裡奔馳。跟街上的同學談起這些片子，我的聲音也特別大。

　　半年後，隆哥離開戲院到台北打天下，接他工作的是矮矮壯壯的傅叔，雖然隆哥也介紹我跟傅叔認識，不過，我始終不敢去找傅叔。

　　有一天，我在路口的牌子上，獲知我做夢都想看的一部片子，正在戲院上演，我再也按捺不住了，匆匆跑到戲院左側的巷口，想拉開喉嚨喊傅叔，可是，怎麼都喊不出口……我默默離開那裡，再也不曾走進小木門。

遇見攔路虎

阿南和我國小畢業以後，就到鄰鎮的中學念書。

　　當時交通不便，我們每天搭汽車，轉乘火車，再排路隊到學校，總是
匆匆忙忙的趕路，根本沒時間瀏覽小鎮的風光，其實，即使有時間，我也
沒那種興致，爸爸耕的是別人的田，無論怎麼打拚，也僅夠一家餬口，能
夠供我念書，已經很不錯了，平常雙親幾乎不曾給我零用錢，口袋沒有幾
個錢，哪有興致逛街呀？阿南的爸爸是個大地主，家境比我好得多，可是
很奇怪，他也不常帶零用錢上學。大概那個年代的父母，還沒有給孩子零
用錢的觀念吧！

　　過年期間就不一樣了。我家雖窮，爸爸都會給我一些小鈔或角子當壓
歲錢；阿南呢？他伸手往褲袋一掏，就是一把花花綠綠的鈔票，教人羨慕
死了。

那天是年初三，阿南一早就來邀我到鄰鎮逛街。

走在鄰鎮街上，周遭仍有零星的炮竹響起，市場裡，果然熱鬧，攤販的吆喝、大人的嬉笑、小孩的歡呼……交織著年節的歡愉氣息，瀰漫市場的每個角落。阿南和我玩了一下套圈圈，只套中一包口香糖，兩個一邊嚼一邊逛，阿南忽然被一堆人吸引過去，我趨前一瞧，只見一個瘦削的中年人，站在方桌前，洗著手中的五張紙牌，然後一一攤在桌上，圍觀的人紛紛下注，沒人下注的那張，就是莊家的，紙牌掀開，倘使上面的紅點比莊家的多，莊家就得賠錢；相反的，紅點比莊家少，錢就會被莊家吃去。我們的個兒矮，莊家將紙牌攤在桌面時，隱約看得到上面的點數，阿南看著看著，手癢了，他掏出一張紙鈔，下了注，贏了。第二回再下注，又贏了。第三回他下了加倍的錢，卻輸了。我扯了扯阿南。

他不悅的說：「不行！我要把被吃去的贏回來。」

這回阿南看準了五個紅點的那張牌，將褲袋中的鈔票全都押上去了。紙牌掀開，阿南和我都傻了眼，明明有五個紅點的紙牌，怎麼一下子就變成一個紅點呢？阿南茫然的愣在那裡，許久，才小聲對我說：「回家。」

這天下午回到崗背，阿南沒再找我玩。倒是我和其他同伴在廳堂後面玩的時候，看見阿南的媽媽拉著他大聲罵著：「說啊！你的錢怎麼花掉的？說啊！」

阿南默默的低著頭，一句都不敢說。

「哼！一定是遇上攔路虎了，一定是遇上攔路虎了……」阿南的媽媽繼續高分貝的罵著。

攔路虎？照說，攔路虎應該是指半路打劫的盜匪。可是，這個詞兒這麼順口的從阿南媽媽的口中說出來，我不禁對它的定義產生懷疑，阿南的錢不是被搶，而是被騙的呀！或許那個做莊的中年騙子，也叫攔路虎吧？

「我們在市場逛一逛，逛一逛，阿南的錢就……就不見了。」

每當阿南的媽媽問起，我總是這樣含糊的回答。因為阿南要我保證不跟任何人說，包括他的媽媽。

我當模特兒

師校二年級的時候，每周有半天的分組課，記得當時有英語、聲樂、美術、社會教育、地方教育等組別，供大家選填。我因為聽說美術組比較好「混」，就糊里糊塗的選了美術組。

果真不錯，這組超熱門，選填人數足足比別組多了二十人，一般教室根本無法容納，何況還得騰出空間擺放畫具。幸好這組的課，以室外寫生為主。我們的指導老師名叫李澤藩，他安排了好幾回校園寫生，偌大的校園，任由我們取景，選個角落，把畫架立起來，吹著涼風，看著美景，恣意的揮灑。這般輕鬆愉快的課程，難怪受到眾多同學的青睞。有時，老師還帶我們到學校對面的客雅山寫生哩！室內課雖然不多，老師卻找到了一

個很寬敞的場所——圖書館一樓的閱覽室。

有一回室內課，老師說要換換口味，讓大家嘗試「人物寫生」，我以為他會找個裸體模特兒來讓大家開開眼界，沒想到老師卻要我們推薦一位同學充當模特兒，一時教室裡鬧哄哄的，男生只顧推選美女，女生也一樣，只會推選帥哥。結果推出來的人選，老師沒有一個滿意，他的眼光搜尋一圈之後，忽然落在我的身上，我畏縮的想避開老師的視線，可是，已經來不及了……

「就是你。」老師微笑的指著我。

坐在角落的我，愣了幾秒才回過神來。我從小害羞，此時想到要在眾人面前展示自己，竟然慌得手足無措。老師叫同學搬來一張方桌，擺在中央，桌上再放置一把有靠背的木椅。

老師大概看出我的窘狀，拍拍我的肩膀說：「甭緊張，你只要坐在上頭就好。」

「嗯。」我點點頭。

我慢慢的爬上去，再小心翼翼的將屁股貼在木椅上，老師站在底下仰著下頷，指導我的坐姿，一會兒要我稍稍挺胸，一會兒要我兩手放自然一些，我只覺兩頰發燙，渾身不自在。

「好，就這樣，保持這個姿勢。」

同學靜下來了，一個個開始動筆了。老師一邊走動，一邊提示人物寫生的技巧。

我「高高在上」，卻一動也不敢動，想到自己是全場注目的焦點，將近五十雙眼睛盯著我，我怎麼「自然」得起？時間過得好慢好慢，彷彿

靜止了。心中不住的想：一定是我的樣子長得怪，老師才選我的，長形的臉、高高瘦瘦的身子……。醜就醜吧！爸媽生我就是這個樣子，我也沒辦法。這樣想著，心底升起一種豁出去的感覺，奇怪，先前的不自在感也跟著消失了。身軀及四肢不能動，眼睛總可以轉吧？我把眼珠子轉過來轉過去，我看到同學們聚精會神的勾勒著，間或抬頭看我一眼，並非我想像的那麼可怕。我又用眼角的餘光瞟一瞟兩旁，噢，我看到了，老師也坐在那兒對著我畫呢！一堆同學圍著觀賞。

「人家長得挺斯文的，可別畫成老公公哪！」老師走到對面，看了同學的畫以後，這樣叮嚀著。

我聽見幾個女生發出噗哧的笑聲，不知道什麼意思。不過，老師的話又觸動了我那害羞的神經末稍，只覺臉頰一陣燒熱，鐵定也泛紅了。這是

生平第一次有人用這樣的字眼形容我的外表，而且出自老師口中， 老師不可能揶揄我或調侃我，呵，此時我的身體雖然高坐椅上，一顆心，卻一直陶醉在「斯文」這個美好的形容詞中。

隔周的分組課，繼續上周的課程，我也繼續當我的模特兒。有了上周的經驗，我坐在上頭不再忸怩不安了，同學忙著上色，我想著身上寬大的黑外套和皺皺的黃卡其褲，簡直「土」斃了，只盼望同學能塗得好看一點。分組課結束前半小時，同學的作品多半已經完成，老師才叫我下來，還把他畫的「我」遞給我，笑著說：「辛苦啦！這張畫就送你當紀念品吧！」我接過畫，瞄了一眼，趕緊捲起來。我很高興，不是因為老師送我畫，而是我終於擺脫「模特兒生涯」了。

師校畢業後，到學校任教，因為自己對畫畫沒啥興趣，也就很少留意

畫壇的動態。1989年，我在報上的藝文版得悉李澤藩老師病逝的消息，才知道李老師是台灣著名的前輩畫家，作品早已享譽國內外。諾貝爾化學獎得主李遠哲先生還是他的公子哩！

我憶起老師送我的以「我」為模特兒的畫作。相隔二十幾年，我仍記得當天上完分組課，回到寢室（師範生依規定必須住校），我便把那張畫擱在內務櫃裡。升上三年級，換寢室清理內務櫃時，我將舊簿冊、舊筆記連同那張畫全都扔進了垃圾桶……唉，只怪少年的我孤陋寡聞，竟然視大師的畫如敝屣。若是，若是當年留下那張畫，該是多麼珍貴的紀念品啊！

悲歡高個子

大概是遺傳的關係，我的個兒比同年齡的孩子高出許多。可是記憶中，求學期間高個子並沒有給我帶來多大的好處，反而讓我多吃了一些苦頭。

　　就從小學時代談起吧！個兒高，擋人視線，無論排隊或上課，位子總在最後邊，聽訓、聽課不拉長耳朵，很難聽得清楚。偶爾小心靈覺得委屈，總會暗自怪怨：為什麼上蒼讓我長得這樣高？心底更因為身高而起了自卑感，走路或立正時，常常不自覺得駝起了背。量身高的時候，兩腳不敢站得太直，旁觀的同學仰頭望著量尺的高度，哇！一邊叫著一邊露出驚訝的眼神，那是最令我難堪的時候。班上總有三兩個身長和我差不多的高個子，不過彼此都擔心自己成為高個子中的高個子，量身高那天，我們幾個還會互相比較，記得有回測量結果，我居然比其他高個子多了約半公

分，得了個第一，整個下午我羞得頭都不敢抬一下。

　　我三年級時，級任老師住在操場後邊的獨棟宿舍。有一陣子，老師家的井水枯竭了，她從家中拿來一個鉛桶，指派全班最高的我和陳同學去提水。我們先到校園中庭的深井汲水，然後各自抓起一端的提把，小心翼翼的提著，要防著桶裡的水潑濺出來，又要防著桶底碰觸地面。走一段路，就停下來歇歇，橫過寬闊的操場，彎進狹窄的小徑，推門進了宿舍，兩人危顫顫的用力抬起水桶，嘩啦啦把水倒入大陶缸裡。連著幾天，每天都要提個五、六桶。噢，這種差事可真累，兩隻胳臂又酸又痛，小手更被提把磨得紅通通的，本來覺得幫老師做事很光榮，提著提著，手痛得難受，腿也酸了，才覺得自己真是倒楣透頂了。可是沒辦法，除了我們兩個，其他同學個兒矮，連桶子都提不起。

四年級時，學校新蓋了一間教室，靠走廊的牆上嵌入一塊方形大理石，上頭鐫刻著興建這間教室的緣起、經費和校長姓名。這是舊教室所沒有的。有天午休，觸摸著一個個凹陷下去的字，我突發奇想，跑到操場角落的溝邊，挖了一團黏土，揉了揉，搓了搓，貼在大理石上，再壓一壓，那些字便拓印下來了，正玩得起勁的時候，導護老師不知何時已站在我後面。「站好！」他大聲吆喝。我轉過身，他馬上給我一巴掌，接著霹靂啪啦的罵著，開頭一句：「六年級了，還這麼頑皮！……」卻讓我感到無限委屈。他拿出登記冊和筆，問我年班、姓名，我囁嚅的說：「四年甲班……」眼淚幾乎掉下來。他愣了一下，忽然合起冊子，語氣緩和了些：「以後不要再犯了，回去！」

　　誰說這結實的一巴掌，不是「高個子」惹來的？

念初中時，功課緊，每天趕車、搭車、補習，倒沒留下什麼深刻的印象。只記得自己老是被那位身材粗壯的體育老師數落，賽跑落到最後，就調侃我：「唉唉！腿長那麼長幹什麼？」硬要我加入籃球校隊，看我在籃下不夠靈活，就笑我：「像笨手笨腳的章魚！」有一回，他拿來一件柔道衣叫我穿上，說要教我柔道，其實他只是想找個個兒相當的玩玩，我們彼此抓住對方衣襟，在墊子上拉扯老半天，忽然，他施展了個什麼技巧，霹啪一聲把我甩在墊子上，害我頓時眼冒金星，暈了好久才恢復。好在體育老師試過幾回之後，知道我這高個子是「扶不起的阿斗」──根本欠缺體育細胞，從此才不再找我。

當然，高個子這個頭銜，帶給我的也不全然都是倒楣事。念新竹師範的那三年，可說是我這高個子比較風光的歲月。有一年，台灣區中上運動會在新竹舉行，我和另外三個高個子被選為「標兵」，所謂「標兵」就是開幕典禮時，站在司令台兩側作為定點標記的人。大約運動會前十天，我們開始接受訓練，先繞著運動場跑幾圈，再來是練習「立正」，別看這個簡單的動作，要求可真多，收下巴、收小腹……要做得正確，又得維持一小時不動之姿，談何容易？站沒兩分鐘頭腳就開始不聽使喚微微晃動了。負責訓練的老黑老師，說我們定力太差，營養也不夠，為我們爭取每天一顆滷蛋加上一瓶鮮奶的營養補充，在那個物質貧乏的年代，這種待遇簡直羨煞了其他同學。不過老黑的訓練也夠嚴格的，我們每天都得在烈陽下站立一個小時以上，汗珠自臉頰滴落，蚊蠅停在鼻尖，也不準動一下。漸漸

的，定力凝聚了，我們成了一根柱子，一根八風吹不動的柱子。開幕那天，我們上場啦！那是多麼壯觀的場面啊！四周人山人海，來自各校的選手穿著五顏六色的服裝，在校旗引導下一一通過司令台。我戴著銀白的頭盔，威風凜凜的站立，每個隊伍一走到我面前，立即發出「向右看」的口令，我最先接受了一雙雙眼睛投過來的注目禮。這樣莊嚴而充滿力與美的時刻，我連呼吸都不敢太用力呢！將近一小時的開幕禮，讓我第一次感受到高個子的神氣與風光。

不單這一次哩！升上三年級以後，「掌旗」的任務又落在我們幾個高個子身上了。與其說任務，不如說榮耀。當時每逢節慶，全校師生照例要參加遊行。我們幾個一身儀隊的妝扮，兩肘撐在胸前護著大旗，走在隊伍最前頭，鼓聲咚咚響，大旗在頭頂飄揚，我們就這樣走過新竹的大街小

巷。光是想著自己雄赳赳、氣昂昂的英姿，就夠我興奮好幾天了。

學生時代，生活圈子狹窄，無論在班上或在學校裡，高個子站立隊伍中有如鶴立雞群——不，應該說有如「醜小鴨」站立鴨群中，特別引人注目。

踏入社會以後，視野廣了，見過的人、事更多了。熙來攘往的都會裡，放眼望去，高個子比比皆是。我的個子雖高，自從停止生長以後，一直都維持178上下，這正是現代眾多男士夢寐以求的身高哪！我雖然感覺不到變成天鵝的喜悅，不過對自己的儀表，總算拾回了一些自信，只是我那長期微駝的背脊，再也挺不直了。

我的名字沒什麼特別。我是屬於這個家族「輝」字輩的子孫，也就是取名時中間必須嵌入「輝」字，如輝明、輝煌、輝雄、輝亮、輝耀……，這些「輝」字底下接的都是很平常的字，念起來聲韻也都好聽，偏偏我的祖父好像不喜歡這類好聽的字，為我找了一個「岳」字。我的祖父念過漢文，取這個名字，想必經過一番斟酌吧？

　　倒是我這個姓，常有人念錯，其中以念成「ㄆㄥˊ」的最多，原因大概是這個字的客語、閩語發音都以「ㄆ」開頭。還有人看作「馬」的，我念師校時，新學期剛開學，有位錢老師來上第一堂課，說要先認識大家，翻開點名簿就逐一點名：「一號張耀喜、二號賴漢錦……二十三號馬輝岳……」一點到我的名字，全班頓然哄堂大笑。錢老師摘下眼鏡，仔細瞧了瞧才說：「喔，原來你這個馬，長了兩隻角哇！」此後三年，班上同學

不是叫我馬輝岳，就是喊我老馬，甚至多年後老同學碰了面，還是老馬老馬的喊著。

我因為喜歡寫稿，有幾次文章登出來了，旁邊的署名卻變成「馮岳輝」，這分明是排版人員的手誤，不過如果真要追究的話，那就得怪罪宋朝的大將軍岳飛了，誰教他這麼有名呢？許多人初次看到我的名字，馬上想到這位大將軍，雖然此「輝」非彼「飛」，但排版人員稍稍不慎，就倒過來了。也是念師校的時候，我在報上登了一篇短文，稿費寄來了，受款人卻是「馮岳輝」，心想：名字沒寫錯，只是顛倒而已，大概沒關係吧！誰知承辦員看了一下，卻說要蓋跟受款人同名的章才能領取，我只得到附近另刻一枚「馮岳輝」的章，花去十元，領回了十五元稿費（當時幣值較大），本來打算領了錢，到麵館犒賞自己一番，從郵局走出來，我也沒心

情去吃麵了。

　　一直覺得自己的名字沒什麼特別，有一天，我的同事卻忽然對我說：「你的名字取得好咧！」問他：「怎麼好？」他也說不出所以然，後來他說他所謂的好是指「不俗」。

　　我不相信名字有好壞之別。書店裡擺著許多教人命名的書，不經意翻了翻，差點被裡頭的論說嚇住了，想不到兩三個字的姓名，能讓這些命名學家鑽研出這麼大的學問，實在令人佩服。書上說姓名關係一個人一生的榮枯得失、貧賤富貴，真是玄之又玄。我試著依據字畫數卜一卜自己姓名

的吉凶，得到的答案是，後兩字分屬五行中的「土」和「木」，而土、木相剋，相剋者凶。想我一路走來，無論升學或就業，

平平順順，既無大風也無大浪，哪有什麼「凶」呢？

　　不過我還是要感謝我的祖父，為我取了這麼一個「不俗」的名字。跟我同名的，一直不曾聽聞，但是，有一年教育部要我到一所小學評鑑鄉土語言教學，居然在那所小學的公告欄，發現一個跟我同名的學生，事由是——三月九日，沒排路隊上學。我不禁噗哧笑了出來。

　　其實，誠如許多人說的：「名字僅是一個符號。」說會影響一個人的未來，或左右一個人的命運，實屬無稽之談。令我不解的是，這些年到戶政事務所申請改名的人，似乎愈來愈多，有的甚至全家幾口人一起改名，好像從此就可以擺脫陰霾走出燦爛人生的樣子。

　　我始終不信姓名學，也不信命運學。努力，才是開啟美麗人生的金鑰匙。這是我唯一的信念。

崗背少年

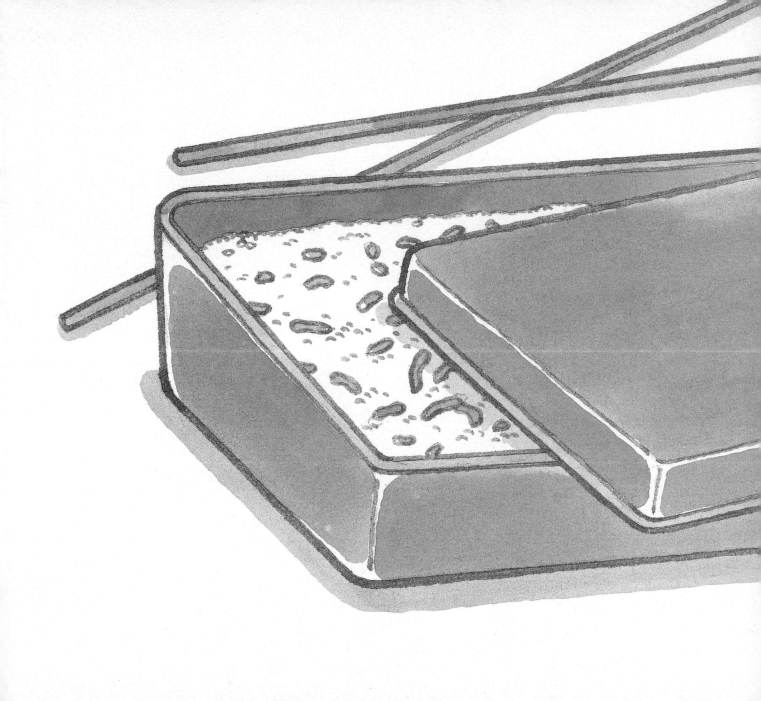

大概從國小五年級起，我比較懂事了。我常常暗自怪怨上蒼，把我生在一個破落、貧苦的家庭裡，吃的、穿的和住的，都比別人差一大截。我想到像牛馬般在田間奔波的雙親，想著搖搖欲墜的土屋，想著自己渺茫的未來……一切好像都那麼糟，我拿什麼去支撐這個家呢？真的不敢想下去哪！而我的自卑感，也愈來愈深，愈來愈深。

　　那時家裡的餐桌上，常見的菜肴不外蘿蔔乾、豆豉和青菜。一年到尾，難得吃到幾回豬肉。偶爾小母雞生下一顆「冇」蛋（沒有受精的蛋），母親總是和上一大把蘿蔔乾，煎一盤香噴噴的「菜脯蛋」，擺在桌心，那算是平常最上等的菜肴。上學的日子，飯盒裡的飯菜，幾乎一成不變：甘藷飯配蘿蔔乾、醬瓜。用餐的時候，聞著鄰座飄過來的菜香，我常畏縮的躲著吃，默默的咀嚼，有時同學走過來，我趕緊拿盒蓋遮住菜肴，

免得被同學看到。

　　身上穿的衣褲，多半是母親用麵粉袋縫製的。念小學時穿著上學，倒不覺難為情；升上初中以後，就不敢再穿這種衣服了，每天搭汽車、坐火車到小鎮上課，總會碰到許多同學，有些從城裡來的，特別愛漂亮，他們穿著燙得筆挺的制服，和擦得發亮的皮鞋，真教人羨慕，我也愛漂亮呀！十三、四歲的少年那個不愛美？可是，我根本穿不起店裡賣的衣服。幸好當時我家附近新蓋的營房，已經有阿兵哥進駐。晚飯後，阿兵哥可以出外散步，父親好客，結交了許多阿兵哥朋友，他們常常坐在我家的小院子談天、喝茶，由於父親的熱誠招待，這些阿兵哥有時會將多餘的軍服送給我們，父親向一位矮個子班長，要了土黃色的褲子和黑膠鞋，套在我的身上，剛剛好。這種褲子和膠鞋，看似粗糙，有點兒土，但是耐磨又耐穿。

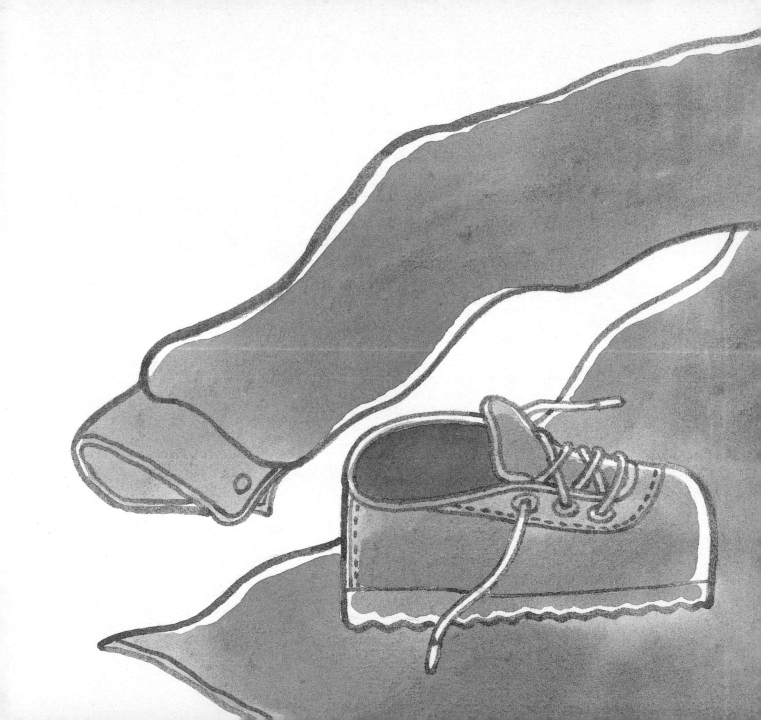

至於夏天的白上衣，我只得接收姊姊的舊衣了，姊姊在紡織廠上班，她的舊衣洗過以後，仍然潔白如新，而且沒有一個補丁，穿在身上，覺得很自在，也敢抬頭挺胸的走路。可是，有天在操場玩球的時候，一個隔壁班的同學把頭湊進我的胸前，仔細看了看，忽然笑著說：

「欵！你這白衣鈕扣在左邊，是女生穿的嘛！」

我一時面紅耳赤，彷彿謊言被揭穿般的羞慚。可是不穿姊姊的衣服，我穿什麼呢？不過從此以後，走在路上，我總是像烏龜縮著頭，就怕別人看出來。

更令我難堪的是，我家那棟破舊的土屋，斑剝的牆壁，常有碎土掉落；用石頭鎮住的屋瓦，颱風一來，石頭古隆隆滾下，瓦石齊飛；下雨天，則忙著找盆罐接水，叮叮咚咚，彷如低沉的交響樂……客廳更不像客

廳，除了黑灰的桌椅和一個古老的掛鐘，再也找不到像樣的家具了，真可說是「家徒四壁」。最怕同學說要來我家玩，我總會找一堆理由拒絕，並不是不歡迎他們，只是擔心家裡的寒酸和破落，在他們心中留下不好的印象罷了。記得初中快畢業時，班上油印了一本別緻的通訊錄，上面有每個人畫的住家位置圖，導師說有了這本冊子，以後大家互相拜訪就方便多了。可是，你知道嗎？我故意畫一條彎彎曲曲的小路，經過村尾，繞過我家對面的小山崗，再沿另一條村道彎進來，才找得到我家。高中聯考放榜後，一位同窗好友冒著酷暑來找我，他照著通訊錄上的位置圖，在村裡繞了老半天，又問了許多人家，好不容易才找著。一碰面，他就把我「臭罵」一頓：

「你唷！真不夠意思，畫的什麼圖啊？走幾步路就到的，你偏要我繞

一大圈！」

　　說完，狠狠擂了一下我的肩膀。我靦腆的笑著，心裡不住的說抱歉。實在是我家太破爛，見不得人哪！

　　現在的我，也和大多數人一樣，娶妻生子，住著鋼筋水泥的樓房──一切並不如自己想的那麼糟。從年少、青春、中年，一路走來，有悲有喜，有哀有樂。也許，這就是人生的滋味，澀澀的、甘甘的、苦苦的、甜甜的……

　　偶爾想起在崗背度過的年少歲月，總有無限的懷念。至於那時的自卑、苦惱，全都成了甜美的回憶。

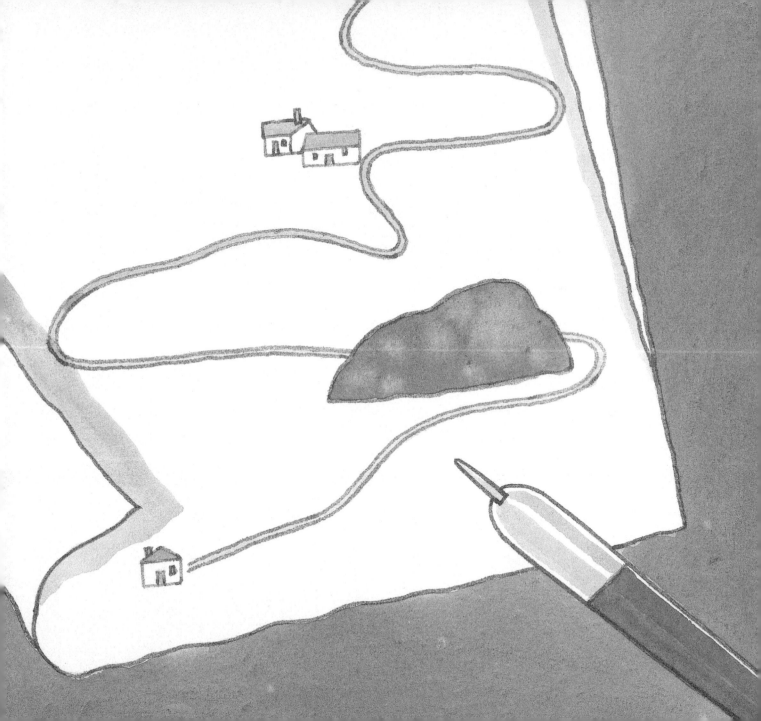

國家圖書館出版品預行編目資料

看板高高掛／馮輝岳著,洪義男圖. -- 初版 .
--台北市：幼獅，2011【民100】
面； 公分. --（新High兒童；故事館5

ISBN 978-957-574-826-5 （平裝）

859.7   100004526

・新High兒童・故事館・5・

看板高高掛

作　　　者＝馮輝岳
繪　　　圖＝洪義男
出 版 者＝幼獅文化事業股份有限公司
發 行 人＝李鍾桂
總 經 理＝廖翰聲
總 編 輯＝劉淑華
主　　　輯＝林泊瑜
編　　　輯＝周雅婷
美術編輯＝李祥銘
總 公 司＝10045台北市重慶南路1段66-1號3樓
電　　　話＝(02)2311-2832
傳　　　真＝(02)2311-5368
郵政劃撥＝00033368

門市
●松江展示中心：（10422）台北市松江路219號
　電話：(02)2502-5858轉734　傳真：(02)2503-6601
●苗栗育達店：（36143）苗栗縣造橋鄉談文村學府路168號（育達商業科技大學內）
　電話：(037)652-191　傳真：(037)652-251

印　　　刷＝祥新印刷股份有限公司　　　　　幼獅樂讀網
定　　　價＝250元　　　　　　　　　　　　http://www.youth.com.tw
港　　　幣＝83元　　　　　　　　　　　　e-mail:customer@youth.com.tw
初　　　版＝2011.04
書　　　號＝986235

行政院新聞局核准登記證局版台業字第0143號

基本資料

姓名：＿＿＿＿＿＿＿＿＿＿＿＿＿＿先生／　小姐

婚姻狀況：□已婚 □未婚　職業：□學生 □公教 □上班族 □家管 □其他

出生：民國＿＿＿＿＿年＿＿＿＿＿月＿＿＿＿＿日

電話：（公）＿＿＿＿＿＿（宅）＿＿＿＿＿＿（手機）＿＿＿＿＿＿

e-mail：＿＿＿＿＿＿＿＿＿＿＿＿＿＿＿＿＿＿＿＿＿＿

聯絡地址：＿＿＿＿＿＿＿＿＿＿＿＿＿＿＿＿＿＿＿＿＿＿

1.您所購買的書名：　**看板高高掛**

2.您通常以何種方式購書?：□1.書店買書　□2.網路購書　□3.傳真訂購　□4.郵局劃撥
（可複選）　□5.幼獅門市　□6.團體訂購　□7.其他

3.您是否曾買過幼獅其他出版品：□是，□1.圖書　□2.幼獅文藝　□3.幼獅少年
□否

4.您從何處得知本書訊息：□1.師長介紹　□2.朋友介紹　□3.幼獅少年雜誌
（可複選）　□4.幼獅文藝雜誌 □5.報章雜誌書評介紹＿＿＿＿＿報
□6.DM傳單、海報　□7.書店　□8.廣播(　　　　　　　　)
□9.電子報、edm　□10.其他＿＿＿＿＿

5.您喜歡本書的原因：□1.作者　□2.書名　□3.內容　□4.封面設計　□5.其他
6.您不喜歡本書的原因：□1.作者　□2.書名　□3.內容　□4.封面設計　□5.其他
7.您希望得知的出版訊息：□1.青少年讀物　□2.兒童讀物　□3.親子叢書
□4.教師充電系列 □5.其他
8.您覺得本書的價格：□1.偏高　□2.合理　□3.偏低
9.讀完本書後您覺得：□1.很有收穫　□2.有收穫　□3.收穫不多　□4.沒收穫
10.敬請推薦親友，共同加入我們的閱讀計畫，我們將適時寄送相關書訊，以豐富書香與心
靈的空間：
(1)姓名＿＿＿＿＿＿e-mail＿＿＿＿＿＿電話＿＿＿＿＿
(2)姓名＿＿＿＿＿＿e-mail＿＿＿＿＿＿電話＿＿＿＿＿
(3)姓名＿＿＿＿＿＿e-mail＿＿＿＿＿＿電話＿＿＿＿＿
11.您對本書或本公司的建議：

10045　台北市重慶南路一段66-1號3樓

幼獅文化事業股份有限公司　　收

. . . .

請沿虛線對折寄回

客服專線：02-23112832分機208　　傳真：02-23115368
e-mail：customer@youth.com.tw
幼獅樂讀網http：//www.youth.com.tw